Al zoológico

Julie Murray

Abdo Kids Junior es una
subdivisión de Abdo Kids
abdobooks.com

Abdo
EXCURSIONES CON LA ESCUELA
Kids

abdobooks.com

Published by Abdo Kids, a division of ABDO, P.O. Box 398166, Minneapolis, Minnesota 55439.

Abdo Kids Junior™ is a trademark and logo of Abdo Kids.

Printed in the United States of America, North Mankato, Minnesota.

052021

092021

THIS BOOK CONTAINS RECYCLED MATERIALS

Spanish Translator: Maria Puchol

Photo Credits: Alamy, iStock, Shutterstock

Production Contributors: Teddy Borth, Jennie Forsberg, Grace Hansen

Design Contributors: Christina Doffing, Candice Keimig, Dorothy Toth

Library of Congress Control Number: 2020930689

Publisher's Cataloging-in-Publication Data

Names: Murray, Julie, author.

Title: Al zoológico/ by Julie Murray

Other title: Zoo. Spanish

Description: Minneapolis, Minnesota: Abdo Kids, 2022. | Series: Excursiones con la escuela | Includes online resources and index.

Identifiers: ISBN 9781098204150 (lib.bdg.) | ISBN 9781098205133 (ebook)

Subjects: LCSH: Zoos--Juvenile literature. | Zoo animals--Juvenile literature. | Zoology--Juvenile literature. | School field trips--Juvenile literature. | Spanish language materials--Juvenile literature.

Classification: DDC 371.384--dc23

Contenido

El zoológico

¡Es día de excursión! La clase va a visitar el zoológico.

MARJORIE McNEELY CONSERVATORY
SCHOOL BUS
STOP
LAKE COUNTRY
60
62

Los niños verán animales.

¡También aprenderán datos

sobre ellos!

Rosa observa un elefante. ¡Pesa 8,000 libras (3,630 kg)!

Kayla da de comer a

la jirafa. ¡Mide 18 pies

(5.5 metros) de altura!

Owen mira al oso polar.

Está nadando.

Lola sostiene una **tortuga terrestre** joven. ¡Crecerá hasta pesar 200 libras (90 kg)!

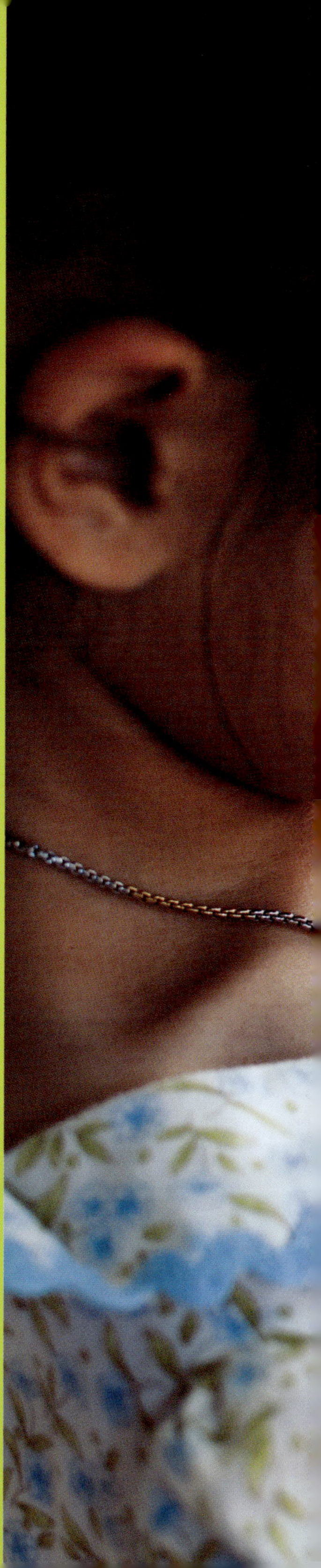

Zane saluda a un lémur.

Le agarra la mano.

Lucy mira los leones. ¡Su **rugido** es muy fuerte!

¿Has visitado alguna vez un zoológico?

Más animales en el zoológico

osos pardos

rinocerontes

tiburones

tigres

Glosario

rugido
sonido intenso y profundo emitido por los leones.

tortuga terrestre
reptil que vive en la tierra y come plantas.

Índice